Y 5492
O.3 d 1

Ye

9991

LE JUBILÉ,

ODE

SUIVIE DE DEUX AUTRES OUVRAGES

DU MÊME GENRE.

PAR M. GILBERT.

Le temps & *le sujet* ne font rien à l'affaire.

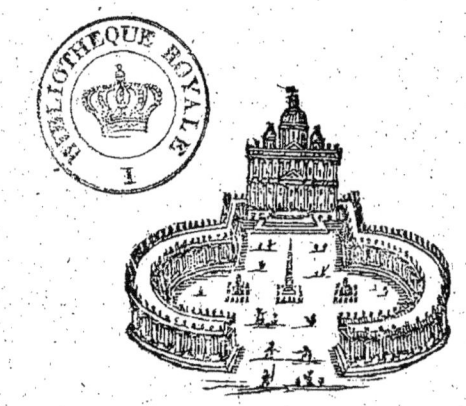

A PARIS.

M. DCC. LXXVI.

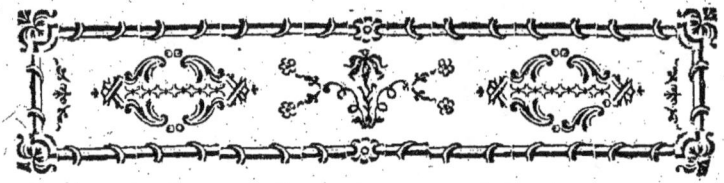

LE JUBILÉ.

O D E.

J'ai vu l'Impiété, de forfaits furchargée,
Triomphante, & par-tout en Sageffe érigée,
Sur nos Autels détruits marcher impunément :
Ses Soldats, du Très-haut vainqueurs imaginaires,
Par ces blafphêmes téméraires,
Annonçoient aux mortels leur gloire d'un moment.

❧

» Nous t'avons fans retour convaincu d'impofture,
» O Chrift ! toi qui difois : ma Loi folide & pure
» Doit furvivre au foleil, allumé par mes mains :
» Le foleil luit encore & dément ta parole ;
» Mais où règne ta Loi frivole,
» Fantôme, autrefois Dieu des crédules humains.

❧

A

» Les Peuples ne vont plus , aveuglés par tes Mages ,

» Suſpendre leurs préſens autour de tes images ,

» Tributaires craintifs d'un bois mangé des vers.

» L'enfant même ſe rit de la mère inſenſée

    » Qui veut dans ſa jeune penſée

» Graver un Dieu menteur , banni de l'univers.

⟡

» Tombez, Temples déſerts , déſormais inutiles !

» L'oiſeau ſeul de la nuit , ou des prêtres ſerviles

» Fréquentent de vos murs la ſombre & vaſte horreur.

» Embraſez-vous , Autels! Rentrent dans la pouſſière ,

    » Avec leur Idole groſſière ,

» Tous ces Tirans ſacrés qui trafiquent l'erreur ».

⟡

Ainſi parloit hier un peuple de faux Sages.

Si le Roi des Soleils, ſenſible à leurs outrages,

Eût dit dans ſa penſée : ingrats , vous périres ;

Le tonnerre vengeur, éveillé de ſoi-même,

    Devinant ſon ordre ſuprême,

Les auroit parmi nous choiſis & dévorés.

⟡

Mais tu l'as commandé ; la foudre eſt aſſoupie ;

Grand Dieu ! tu veux confondre & non perdre l'impie.

» Fais triompher ma Loi, renais, temps précieux,

» O temps où de la grace ouvrant la ſource immenſe,

  » Durant deux ſaiſons de clémence,

» Mon Egliſe élargit l'étroit ſentier des Cieux ».

⋅⋙⋘⋅

Hé bien , Sages d'un jour ! ces temps viennent d'éclorre ;

Demandez au Seigneur où ſa Loi règne encore ;

La Loi du Tout-Puiſſant fleurit dans nos cités ;

Elle charme vos fils ; elle enchaîne vos femmes ;

  Elle vit même dans vos ames

Dont l'orgueil déicide étouffoit ſes clartés.

⋅⋙⋘⋅

Ouvrez les yeux ; pleurez vos triomphes ſtériles.

O Babilone impure ! ô Reine de nos Villes,

Long-temps d'un peuple athée exécrable ſéjour !

Dis nous : n'es-tu donc plus cette cité hautaine

  Où l'Impiété Souveraine

Avoit placé ſon trône & raſſemblé ſa cour.

⋅⋙⋘⋅

Sitôt qu'aux champs de l'air l'œil du jour étincelle ,

Sur les pas de la Croix qui marche devant elle ,

Toute une nation , les enfans , les vieillards ,

Les vierges , les époux , les esclaves , leurs maîtres ,

   Conduits en ordre par nos prêtres ,

Du nom de l'Eternel rempliffent tes remparts.

⋅⋙⋘⋅

Mais que vois-je ? où vont-ils ces fils de la Victoire ,

Ces guerriers mutilés , chargés d'ans & de gloire ,

Reftes d'hommes , jadis l'effroi de nos Rivaux ?

Pourquoi ce front baiffé , ces bras dépouillés d'armes ?

   Pourquoi ces prières , ces larmes ,

Et ces Chefs confternés qui fuivent leurs drapeaux ?

⋅⋙⋘⋅

O ferveur ! ô d'un Dieu triomphe mémorable !

Pleins de la même foi , que ce peuple innombrable ,

Dans cet humble appareil implorant ta pitié ,

Seigneur , ils vont t'offrir , pour calmer tes vengeances ,

   Et leurs lauriers & les fouffrances

D'un corps , dont le tombeau poffède la moitié.

⋅⋙⋘⋅

Ciel ! quel vaſte concours ! aggrandiſſez-vous, Temples !
Peuples, proſternez-vous ! Soleil, qui les contemples,
Eclairas-tu jamais des ſpectacles plus ſaints ?
Torrens des airs, craignez d'interrompre ces fêtes !
     Taiſez-vous, Foudres & Tempêtes !
Jours de paix , levez-vous toujours clairs & ſereins.

⚬⚬⚬

Tu peux enfin ceſſer tes plaintes maternelles ,
Sion ! quitte ce deuil ; vois tes enfans rebelles
Dans ces temps de pardon , revôler dans tes bras.
Tout marche, tout fléchit ſous ta Loi fortunée ;
     Et l'Impiété détrônée
Cherche où fut ſon empire & ne le trouve pas.

A 3

O D E.

A MONSIEUR,

Sur son Voyage en Piémont.

Les Princes vont bannir ces préjugés antiques
Par qui, dans leurs Palais prisonniers politiques,
Ils regnoient, inconnus dans leurs propres Etats.
Nous avons vu des Rois, vainqueurs de la molesse,
　　Pour chercher la sagesse,
Voyageurs couronnés, parcourir nos climats.

Tels, dans leurs fictions les Maîtres de la lire
Représentent ces Dieux, enfans de leur délire;
Dans l'oubli du nectar laissant les Cieux déserts;
Et fatigués d'encens, jaloux d'un libre hommage,
　　Cachés sous notre image,
Sans tonnerre & sans pompe, errant dans l'univers.

France ! au fond de fa Cour fi ton Maître s'exile ;

Ton bonheur lui prefcrit ce facrifice utile :

Peut-il quitter fon Peuple, invefti de dangers ;

Mais un Frère vanté, mais un autre lui-même,

Pour fon Prince qu'il aime,

Va conquérir les cœurs fur des bords étrangers.

⟡

Partez, jeune Héros que Turin nous envie ;

Sur les pas d'une Sœur, de nos regrets fuivie,

Vifitez cet Empire où l'attend un Epoux,

Où l'Eridan, chanté par cent Mufes rivales,

Roule fes eaux royales,

Fier d'enlever Clotilde à nos fleuves jaloux.

⟡

Sous quel ciel merveilleux l'amour va vous conduire !

Ces alpes, ces rochers parlent, pour vous inftruire ;

Ils font pleins d'Annibal & pleins de vos Aïeux.

Le fang de ces Héros qu'adopta la victoire,

Prodigué pour la gloire,

Illuftra ces forêts qui foutiennent les cieux.

⟡

A 4

Vous marchez, entouré de prodiges fans nombre :
Là du Peuple Romain gît au loin la vaine Ombre ;
Devant lui fe taifoient les Rois refpectueux :
Cet immenfe coloffe, élevé par la guerre

   Au trône de la terre,

Tombe, & n'eft plus hélas ! qu'un nom jadis fameux.

⬦

Ici Rome pourtant demande votre hommage ;
Rome qui d'Elle-même eft une trifte image ;
Rome où les vils troupeaux marchent fur les Céfars ;
Veuve d'un peuple Roi, mais Reine encor du monde ;

   Rome fur qui fe fonde

La gloire d'un pays, deux fois père des Arts.

⬦

Mais vous ne cherchez pas fur ces rives funèbres
Des monumens d'orgueil, des ruines célèbres ;
L'amitié vous appelle aux fêtes de l'amour,
En des lieux, où voyant des Princes populaires,

   Du pauvre toujours pères,

On croiroit que Bourbon n'a point changé de Cour.

⬦

Ah! que ces champs heureux où tous les cœurs vous fuivent,

Où dans tous les efprits déjà vos bienfaits vivent,

A nos defirs bientôt vous rendent pour jamais :

S'ils poffèdent la Sœur néceffaire à leur joie ;

Qu'au moins Paris revoie

Le Frère qui fe doit au bonheur des Français.

LE JUGEMENT

DERNIER,

ODE.

« Q uels biens vous ont produit vos fauvages vertus,

» Juftes, vous avez dit : Dieu nous protège en père :

» Et par-tout opprimés, vous rampez abattus

» Sous les pieds du méchant dont l'audace profpère ?

    » Implorez ce Dieu Défenfeur ;

» En faveur de fes fils, qu'il arme fa vengeance,

» Eft-il aveugle & fourd ? Eft-il d'intelligence

    » Avec l'impie & l'oppreffeur ?

    » Méchans, fufpendez vos blafphêmes.

» Eft-ce, pour le braver, qu'il vous donna la voix ?

» Il nous frappe, il eft vrai ; mais, fans juger fes loix,

» Soumis, nous attendons qu'il vous frappe vous-mêmes.

» Ce foleil, témoin de nos pleurs,

» Amène à pas preſſés le jour de ſa juſtice.

    » Dieu nous paîra de nos douleurs ;

» Dieu viendra nous venger des triomphes du vice.

⬥⟡⬥

» Qu'il vienne donc ce Dieu, s'il a jamais été !

» Depuis que du malheur les vertus font Sujettes,

» L'infortuné l'appelle & n'eſt point écouté.

» Il dort au fond du ciel ſur ſes foudres muettes.

    » Et c'eſt-là ce Dieu généreux !

» Et vous pouvez encore eſpérer qu'il s'éveille ?

» Allez, imitez-nous, & tandis qu'il ſommeille,

    » Soyez coupables, mais heureux ».

⬥⟡⬥

Quel bruit s'eſt élevé ? La trompette ſonnante

    A retenti de tous côtés ;

Et, ſur ſon char de feu, la foudre dévorante

    Parcourt les airs épouvantés.

Ces aſtres teints de ſang & cette horrible guerre

    Des vents, échappés de leurs fers,

Hélas ! annoncent-ils aux enfans de la terre

    Le dernier jour de l'Univers.

⬥⟡⬥

L'Océan révolté loin de son lit s'élance,

  Et de ses flots séditieux

  Court, en grondant, battre les Cieux,

Tout prêts à le couvrir de leur ruine immense.

C'en est fait : l'Eternel, trop long-temps méprisé,

  Sort de la nuit profonde

Où, loin des yeux de l'homme, il s'étoit reposé ;

Il a paru ; c'est lui ; son pied frappe le monde,

  Et le monde est brisé.

⊷✲⊶

Tremblez, humains ; voici de ce Juge suprême

  Le redoutable tribunal.

Ici perdent leur prix l'or & le diadême.

  Ici l'homme à l'homme est égal.

Ici la Vérité tient ce livre terrible

  Où sont écrits vos attentats ;

Et la Religion, mère autrefois sensible,

S'arme d'un cœur d'airain contre ses fils ingrats.

⊷✲⊶

  Sortez de la nuit éternelle,

  Rassemblez-vous, ames des morts,

  Et, reprenant vos mêmes corps,

Paroissez devant Dieu, c'est Dieu qui vous appelle.

Arrachés de leur froid repos,

Les morts du fein de l'ombre avec terreur s'élancent,

Et près de l'Eternel, en défordre s'avancent,

Pâles, & fecouant la cendre des tombeaux.

***

O Sion ! ô combien ton enceinte immortelle

Renferme en ce moment de Peuples éperdus !

Le Mufulman, le Juif, le Chrétien, l'Infidèle,

Devant le même Dieu s'affemblent confondus.

Quel tumulte effrayant ! que de cris lamentables !

Ciel ! qui pourroit compter le nombre des coupables !

Ici, près de l'ingrat,

Se cachent l'impofteur, l'avare, l'homicide,

Et ce guerrier perfide

Qui vendit fa patrie en un jour de combat.

***

Ces Juges trafiquoient du fang de l'innocence

Avec fes fiers perfécuteurs.

Sous le vain nom de Bienfaiteurs

Ces Grands femoient enfemble & les dons & l'offenfe.

Où fuir ? où vous cacher ? l'œil vengeur vous pourfuit,

Vous, brigands jadis Rois, ici fans diadême ;

Les antres, les rochers, l'Univers eft détruit;
 Tout eft plein de l'Etre fuprême.

⋅⊃✕⊂⋅

 Coupables, approchez :
De la chaîne des ans les jours de la clémence
 Sont enfin retranchés.
Infultez, infultez aux pleurs de l'innocence :
 Son Dieu dort-il? répondez-nous :
Vous pleurez? vains regrets! ces pleurs font notre joie.
A l'Ange de la mort Dieu vous a promis tous;
 Et l'Enfer demande fa proie.

⋅⊃✕⊂⋅

Mais d'où vient que je nage en des flots de clarté?
 Ciel! malgré moi, s'égarant fur ma Lyre,
Mes doigts harmonieux peignent la volupté!
 Fuyez, pécheurs : refpectez mon délire.
 Je vois les Elus du Seigneur
Marcher d'un front riant au fond du Sanctuaire.
Des enfans doivent-ils connoître la terreur,
 Lorfqu'ils approchent de leur père?

⋅⊃✕⊂⋅

Quoi ! de tant de mortels qu'ont nourris tes bontés,

Ce petit nombre, ô Ciel ! rangea fes volontés

Sous le joug de tes Loix auguftes !

Des vieillards ! des enfans ! quelques infortunés !

A peine mon regard voit, entre mille Juftes,

S'élever deux fronts couronnés.

⬦

Que font-ils devenus ces peuples de coupables

Dont Sion vit fes champs couverts ?

Le Tout-Puiffant parloit : fes accens redoutables

Les ont plongés dans les Enfers.

Là tombent condamnés & la fœur & le frère,

Le père avec le fils, la fille avec la mère,

Les amis, les amans & la femme & l'époux,

Le roi près du flatteur, l'efclave avec le maître ;

Légion de méchans honteux de fe connaître,

Et livrés pour jamais au célefte courroux.

⬦

Le Jufte enfin remporte la victoire,

Et de fes longs combats, au fein de l'Eternel

Il fe repofe, environné de gloire.

Ses plaifirs font au comble, & n'ont rien de mortel :

Il voit, il fent, il connoit, il refpire
Le Dieu qu'il a fervi, dont il aima l'empire ;
Il en eft plein, il chante fes bienfaits.
L'Eternel a brifé fon tonnerre inutile ;
Et d'aîles & de faulx dépouillé déformais,
Sur les mondes détruits le temps dort immobile.

F I N.

Lu & approuvé, ce 3 Septembre 1776.

CREBILLON.

Vu l'Approbation, permis d'imprimer. A Paris, ce 3 Septembre 1776. LE NOIR.

Ph. D. PIERRES, Imprimeur de Collége Royal de France, rue Saint-Jacques, 1776.